Annwyl Ddarllenwyr,

Mae antur go iawn fel camu i fyd o beryglon – mae'n fentrus ac yn enbydus a gall fod yn berygl bywyd. O gystadlu yn ras cŵn-tynnu-slèd Iditarod ar draws Alaska, i hwylio'r Cefnfor Tawel, rwyf wedi profi peth o'r byd hwn fy hunan. Byddaf yn ceisio dal yr ysbryd hwnnw yn fy straeon bob tro y byddaf yn gweithio ar lyfr – ac mae'r sialens honno yn dipyn o antur ynddi ei hun hefyd!

Rydych chithau'n camu i fyd o beryglon wrth agor y llyfr hwn. Dros y blynyddoedd, rwyf wedi cael y fraint o siarad â llawer o rai yr un oed â chi mewn gwahanol ysgolion ac mae'r gyfres hon wedi'i sgwennu'n arbennig ar ôl clywed eich bod wrth eich bodd yn darllen am anturiaethau llawn cyffro.

Chi sydd wedi gofyn amdani – felly daliwch yn dynn wrth inni neidio i ganol stori iasol arall yn y gyfres *Byd o Beryglon*.

Gary Paulsen

Byd o Beryglon, Gary Paulsen

*Mentrwch ar anturiaethau Gary Paulsen i ganol byd
o beryglon – mae'n rhaid bod yn tyff i ddod trwyddynt ...*

BYD O BERYGLON
GARY PAULSEN

Perygl Perffaith

Addasiad Esyllt Nest Roberts

Gwasg Carreg Gwalch

Cyhoeddwyd yn wreiddiol yn 1996
gan Bantam Doubleday Dell, USA

Cyhoeddwyd gyntaf yn y Gymraeg gan Wasg Carreg Gwalch.

Argraffiad cyntaf: Rhagfyr 2003

Rhif Llyfr Safonol Rhyngwladol 0-86381-866-8

Cyhoeddir drwy gytundeb â Random House Children's Books,
adran o Random House, Inc. Efrog Newydd, Efrog Newydd, UDA.

Cynllun y clawr gwreiddiol gan David Kearney, drwy gytundeb â
Macmillan Children's Books, Llundain.

Cyhoeddir dan gynllun comisiynu Cyngor Llyfrau Cymru.

Argraffwyd a chyhoeddwyd gan Wasg Carreg Gwalch,
12 Iard yr Orsaf, Llanrwst, Dyffryn Conwy, LL26 0EH.
✆ 01492 642031
🖷 01492 641502
✆ llyfrau@carreg-gwalch.co.uk
Lle ar y we: www.carreg-gwalch.co.uk

Pennod 1

'Rydan ni bron yna, Jimbo,' meddai tad Jim Stanton wrth wenu ar ei fab yn nrych y car.

Trodd ei fam yn sedd flaen yr hen gar rhydlyd a gwenu'n galonogol ar ei mab penfelyn. 'Mae Mr Kincaid yn dweud fod Folsum yn lle gwych i blant.'

Ni chododd Jim ei ben. Gwisgai ei gap pêl-fas yn isel dros ei lygaid ac roedd ei gorff yn un swp pwdlyd yn ei sedd.

Roedd yn gwybod yn iawn ei fod yn hunanol, ond doedd ganddo mo'r help. Wedi'r cyfan, roedd yn anodd i fachgen ildio popeth oedd yn bwysig iddo.

Yn ddiweddar roedd ei dad wedi cael cynnig

swydd ddelfrydol yn Labordai Cenedlaethol Folsum yn nhalaith Mecsico Newydd. Llywydd y cwmni, Jefferson Kincaid, oedd wedi ei ddewis yn arbennig, a byddai'n ennill gymaint deirgwaith â'r cyflog a enillai 'nôl yng Nghalifffornia.

Y drwg oedd, roedd yn rhaid i Jim adael popeth – ei ffrindiau ac, yn waeth na dim, ei safle fel taflwr yn nhîm pêl-fas ei dref, a hwythau â record ddiguro a dim ond dwy gêm ar ôl i'w chwarae.

'Paid â phoeni amdano fo, Mam.' Gwyrodd Laura, chwaer wyth oed Jim, ymlaen yn ei sedd a sibrwd yn bryfoclyd, 'Hiraethu am Heather Atkinson mae o.' Pwysodd Laura'n ôl yn y sedd gefn a rhoi ei llaw dros ei cheg i fygu ei chwerthin.

Ystyriodd Jim blycio un o'r plethi hir o wallt golau ei chwaer. Ond wnaeth o ddim. Roedd yn wir ei fod yn gweld eisiau Heather. Doedden nhw ddim yn gariadon, ond pwy a ŵyr . . . petaen nhw ond wedi aros yng Nghalifffornia.

Cododd ei gap ychydig a syllu ar gefn ei dad. Gwyddonydd ymchwil oedd Robert Stanton. Bu'n gweithio'n galed i gynnal ei deulu a rŵan, o'r diwedd, roedd ei gyfle mawr wedi dod. Ynghyd â Labordai Folsum, roedd Sefydliad Wellington wedi clywed am brosiect diweddaraf Dr Stanton. Roedd ganddyn nhw hefyd ddiddordeb mawr yn y plastig newydd yr oedd wedi'i greu, plastig oedd yn gallu gwrthsefyll gwres aruthrol.

Tra oedd Dr Stanton yn cwblhau ei waith ymchwil, byddai'r teulu'n byw mewn rhan fechan, grand o Folsum, wrth droed Mynyddoedd Sacramento ym Mecsico Newydd. Bu mam Jim yn darllen y pamffledi a yrrodd y cwmni iddynt, ac roedd wedi dotio. Am y tro cyntaf yn eu bywydau, bydden nhw'n byw mewn tŷ crand mewn ardal hynod dlws.

'O! edrych, Robert – dacw'r ysgol.'

Gwyliodd Jim ei fam yn gwasgu braich ei gŵr yn gyffrous. Roedd hi wedi bod yn paldaruo ers hydoedd am yr ysgol dwp. Hon oedd yr ysgol ac iddi'r cyfartaledd graddau gorau a'r cynddisgyblion disgleiriaf yn yr holl dalaith, yn yr holl wlad, o bosib!

'Arhoswch chi nes cân nhw afael ar Twpsan,' sibrydodd Jim gan wneud yn siŵr bod ei chwaer yn ei glywed.

Crychodd Laura ei thrwyn a thynnu ei thafod arno. 'Ti yw'r twpsyn sydd ddim yn gallu sillafu'r gair "cath". Go brin y byddan nhw'n gadael i ti roi troed dros riniog y drws hyd yn oed.' Plethodd ei breichiau'n hunanfoddhaol.

'Dyna ddigon o lolian.' Syllodd eu tad arnynt eto yn y drych. Trodd gornel a gyrru ar hyd stryd fer a thai mawr deulawr o bobtu iddi. Parciodd y car y tu allan i un o'r tai a throi at ei blant.

'Allan â chi, blant. Rydan ni wedi cyrraedd!'

PENNOD 2

Caeodd Jim ddrws y car yn glep. Roedd yn rhaid iddo gyfaddef fod y tŷ'n edrych yn drawiadol iawn. Roedd y lawnt wedi'i thorri'n berffaith a'r llwyni isel heb frigyn o'i le. Sylwodd fod y tai eraill ar y stryd bron yn union yr un fath – heblaw am y ceir newydd crand ym mhob dreif.

'Mae'n rhaid mai ardal yn llawn o hen bobl ydi hi,' meddai Jim. 'Wela i ddim plant yn unman.'

Gafaelodd ei fam amdano'n chwareus. 'Paid â phoeni, Jim. Mi fyddan nhw o gwmpas yn y man, wedi inni gael cyfle i ddadbacio a chael trefn ar y tŷ.'

'Mae'r tŷ'n barod,' meddai'i dad wrth estyn cês

oddi ar do'r car. 'Mae'r cwmni wedi gofalu am bopeth.'

Edrychodd ei fam arno'n ddryslyd. 'Beth? Maen nhw wedi cadw'n llestri a'n dillad a phopeth?'

'Dywedodd Mr Kincaid y byddet ti wrth dy fodd, Mary.'

Gwgodd hithau. 'Wn i ddim, Robert. Sut allen nhw wybod lle i'w cadw nhw?'

Arweiniodd tad Jim ei deulu at ddrws ffrynt y tŷ a throi'r goriad yn y clo. Gwthiodd y drws yn agored a gadael i'w deulu fynd i mewn gyntaf.

'Wow!' sgipiodd Laura o amgylch yr ystafell. 'Edrychwch ar yr holl ddodrefn newydd sbon 'ma.'

Tynnodd Jim ei gap a rhedeg ei law drwy ei wallt. 'Mae'n rhaid ein bod ni yn y tŷ anghywir, Dad. Nid ein pethau ni ydi'r rhain.'

'Ein pethau ni ydyn nhw rŵan. Mae'r cwmni wedi trefnu popeth. Mae'n hen bethau ni wedi'u storio.' Gwenodd ei dad a chodi'i law. 'Ni biau popeth welwch chi.'

'Ydi hynny'n cynnwys y gegin?' galwodd ei wraig o'r ystafell nesaf. 'Mae'r sosbenni a'r llestri'n newydd sbon!'

'Arhoswch chi nes gwelwch chi'r llofftydd.'

Edrychodd Laura a Jim ar ei gilydd cyn llamu i

fyny'r grisiau. Gwthiodd Jim y drws cyntaf ar y chwith yn agored. Ni allai goelio'i lygaid.

Roedd lluniau o sêr pêl-fas yr uwch-gynghrair ar y waliau – a phob un wedi'i lofnodi! Pren derw tywyll oedd y dodrefn. Roedd yr ystafell gyfan fel llun mewn catalog drudfawr. Roedd dillad yn y cypyrddau a'r droriau hyd yn oed.

Pinc oedd waliau llofft Laura – ei hoff liw – a'r dodrefn yn wyn. Yng nghanol y gwely canopi mawr roedd dol fawr hardd gyda gwallt melyn cyrliog. Safodd Jim ar y rhiniog a gwylio Laura'n camu'n araf at y gwely. Arhosodd yn ei hunfan cyn troi'n ôl i edrych ar ei brawd.

Tynnodd hwnnw wyneb. 'Gafaela ynddi hi, Twpsan. Ti sy biau hi rŵan.'

Dyna'r union beth roedd Laura eisiau ei glywed. Rhedodd at y gwely a magu'r ddol yn ei breichiau.

Cerddodd Jim yn ôl i'w ystafell a syrthio ar ei wely. Edrychodd o'i amgylch yn anfodlon. Roedd yr ystafell yma ddwywaith maint ei hen un.

Torrodd llais ei fam ar ei draws wrth iddo synfyfyrio. 'Jim! Laura! Dewch yma. Mae 'na ymwelwyr i'ch gweld.'

Llithrodd Jim i lawr canllaw y grisiau. Llamodd Laura y tu ôl iddo, yn chwerthin yn hapus. Pan gyrhaeddon nhw waelod y grisiau sylwodd y ddau fod dynes a dau o blant yn disgwyl amdanynt. Roedd y bachgen, a oedd tua'r un oed â Jim, a'r eneth fach yn sefyll yn ansicr yn yr ystafell fyw yn syllu arnyn nhw.

'Dyma Mrs Tyler.' Cyfeiriodd Mrs Stanton at y ddynes fechan, drwsiadus a oedd yn gafael mewn plataid o fisgedi cartref. 'A dyma ei phlant, William a Caren.'

'Galwch fi'n Marcia,' meddai'r ddynes mewn llais tawel, nerfus. Rhoddodd y bisgedi i Mrs

Stanton. 'I chi mae'r rhain, i'ch croesawu i'r cwmni.'

Estynnodd y bachgen ei law tuag at Jim. Gwenodd, ond roedd rhywbeth rhyfedd ynghylch ei wên. Rhywbeth ffug, ac yn sicr yn anghyfeillgar. 'Rydym yn falch iawn o'ch cael chi yma,' meddai.

Ysgydwodd Jim y llaw chwyslyd ac edrych ar y bachgen o'i gorun i'w sawdl. Roedd yn gwisgo trywsus siwt a chrys gwyn, ac roedd ei esgidiau duon yn sgleinio fel swllt. 'Diolch, William,' meddai Jim. 'Tybed fedri di ddangos y dre i mi?'

Gollyngodd y bachgen law Jim ac edrych ar ei fam yn nerfus. Rhoddodd y ddynes ei braich am ysgwydd ei mab. 'Mae'n ddrwg gen i, yn nes ymlaen efallai . . . pan fyddwch chi wedi bod yma am sbel.' Ac ar hynny gwthiodd ei phlant tuag at y drws.

'Wnewch chi ddim aros am baned o de neu rywbeth?' gofynnodd mam Jim.

Symudodd y ddynes at y drws. 'Dim diolch. Cawson ni gyfarwyddiadau – hynny yw, cawson ni ein dewis i'ch croesawu ac yna i adael llonydd i chi. Braf iawn cyfarfod â chi. Hwyl fawr.' A chaeodd y drws yn glep y tu ôl iddi.

Cododd tad Jim ei aeliau. 'Dynes ryfedd.'

'Efallai ei bod hi'n rhyfedd, ond wir, mae hi'n gogyddes wych. Blaswch y rhain!' meddai Laura.

Daliodd un o'r bisgedi bach gwyn yn ei llaw. Yn ei chanol roedd rhosyn coch perffaith wedi'i wneud o eisin.

'Cymer ofal, Laura, synnwn i ddim eu bod nhw wedi eu gwenwyno.' Eisteddodd Jim ar fraich y soffa newydd. 'Gobeithio nad ydi pawb yn y dre 'ma mor rhyfedd â nhw.' Gorweddodd yn ei ôl ac ochneidio. 'Sylwoch chi ar ddillad William, a'r hyn ddigwyddodd pan ofynnais iddo fo ddangos y dre i mi?'

Meddyliodd ei dad am ychydig, cyn codi'i ysgwyddau'n ddi-hid. 'Pam nad ei di a Laura allan am dro i weld y lle drosoch eich hunain? Mae gan dy fam a finnau un neu ddau o bethau i'w trefnu yma p'run bynnag. Dowch yn ôl erbyn amser swper.'

Bu bron i Jim ofyn a gâi o fynd ar ei ben ei hun, ond roedd yr olwg ar wyneb ei dad wedi ateb y cwestiwn hwnnw'n barod.

'Ocê, tyrd 'laen, Twpsan. Awn ni allan i chwilio pa fath o lanast rydan ni ynddo fo.'

Dilynodd Laura ei brawd drwy'r drws ac ar hyd y pafin.

'Edrych arno fo, Jim.' Pwyntiodd Laura at y postmon a oedd wrthi'n didoli'r llythyrau yn ei ddwylo wrth iddo gerdded tuag atynt.

Arhosodd y gŵr byr, moel o'u blaenau. 'Fe ddywedwn i eich bod chi ill dau yn newydd i'r lle 'ma.'

Nodiodd Jim. 'Sut gwyddoch chi?'

Edrychodd y gŵr o'i gwmpas yn ansicr. 'Wel, mae rhywun yn newid ar ôl bod efo'r cwmni . . .' Edrychodd o'i amgylch eto cyn ailddechrau cerdded. Galwodd yn uchel dros ei ysgwydd, 'Braf cael eich cwmni.'

'Mae pawb yn dweud hynna,' meddai Laura.

'Ydyn,' cytunodd Jim gan ddechrau cerdded, 'ond rhywsut dwi'n amau a ydyn nhw'n dweud y gwir.'

Dilynodd y ddau eu trwynau nes cyrraedd canol y dref. Edrychai pob ardal ar y ffordd yn union 'run fath â'i gilydd.

'Wn i ddim pwy gynlluniodd y dre 'ma, ond doedd ganddyn nhw fawr o ddychymyg.' Edrychodd Jim ar ei oriawr. 'Mae gynnon ni ddigon o amser i weld y stryd fawr ac i chwarae gêm gyfrifiadur neu ddwy cyn troi'n ôl.'

Tynnodd Laura ar gefn ei grys-T. 'Dwi ddim yn hoffi'r lle 'ma, Jim. Ble mae pawb?'

Cododd Jim ei ysgwyddau ac edrych ar hyd y strydoedd gwag. 'Hwyrach ein bod ni wedi symud i dre yn llawn zombis sy'n sugno gwaed a dim ond yn ymddangos am hanner nos.'

Llyncodd Laura ei phoer. 'Dydi hynna ddim yn ddoniol. Dwi isio mynd adre.'

'Dim ond tynnu dy goes di ydw i, Twpsan. Edrych, mae 'na bobl yn y siop groser yr ochr arall i'r stryd.'

Gwyliodd y ddau ryw ddynes, a allai fod yn efaill i Mrs Tyler ond ei bod yn dalach a'i gwallt yn dywyllach, yn gadael y siop ac yn llwytho'i char â bagiau neges. Wrth ei chwt roedd merch fach mewn ffrog wen, bron yn union fel yr un a wisgai Caren Tyler.

Cododd Jim ei aeliau. 'Mae'n rhaid bod 'na brinder siopau dillad yn y lle 'ma.' Teimlodd gefn ei grys-T yn cael ei dynnu eto. 'Be sy'n bod rŵan?' gofynnodd.

Pwyntiodd Laura at arwydd mewn ffenest siop hufen iâ. 'Gawn ni fynd i mewn?' gofynnodd yn obeithiol.

'Fel arfer mi faswn i'n dweud "anghofia fo", ond gan nad oes 'na arcêd adloniant i'w gweld yn unman, hufen iâ ydi'r unig beth sydd gan y dre 'ma i'w gynnig.'

Gwenodd Laura wrth i Jim wthio'r drws ar agor. Uwch eu pennau canodd cloch fechan. Eisteddodd y ddau wrth y cownter a disgwyl. O'r diwedd daeth dyn wedi'i wisgo mewn gwyn o'r ystafell gefn. Edrychodd yn amheus ar y ddau.

'Dydach chi'ch dau ddim o'r mynyddoedd, nac ydach?'

Ysgydwodd Jim ei ben. 'Ni yw'r Stantons. Newydd symud i mewn heddiw. Gwyddonydd ydi fy nhad.'

'O,' newidiodd wyneb y gŵr. Gwenodd – yr un wên ag a roddodd William yn gynharach. 'Mae hynny'n wahanol, felly. Be gymerwch chi?'

Archebodd y ddau hufen iâ ac eistedd ar y stolion yn bwyta'n ddistaw. Ni ddaeth cwsmeriaid eraill i mewn i'r siop. Sylwodd Jim nad oedd y gŵr yn symud ymhell oddi wrthynt, bron fel pe bai'n cadw golwg arnyn nhw.

Ar ôl bwyta'r hufen iâ, camodd Jim at y cownter i dalu. Ond cyn iddo allu mynd i'w boced cododd y dyn ei law.

'Does dim angen talu, was.'

Edrychodd Jim arno mewn penbleth. 'Diolch, syr.'

'Dim problem. Croeso i'r cwmni.'

PENNOD 4

 'Peidiwch â phoeni, Mam, mi fydda i'n ofalus,' meddai Jim.

Tywalltodd ei fam wydraid o sudd oren iddo a'i wthio ar hyd y bwrdd.

'Dydan ni ddim ond wedi bod yma ers deuddydd a dwyt ti ddim yn adnabod yr ardal eto.'

Llowciodd Jim y sudd oren ac anelu am y drws. 'Dim ond mynd am dro bach i'r mynyddoedd ydw i. Ddo i byth i adnabod yr ardal os nad a' i allan i weld y lle drosof fy hun.'

'O'r gorau, ond gwna'n siŵr dy fod yn ôl adre erbyn dau o'r gloch. Mae'n rhaid inni fynd i lawr i'r labordy i gael archwiliad meddygol.'

Gosododd Jim ei wydryn ar y bwrdd. 'Oes raid

i bawb ohonon ni gael archwiliad?'

Nodiodd ei fam. 'Oes, rhywbeth ynglŷn â pholisi yswiriant y cwmni.'

'Pam na dderbynian nhw fy adroddiad diwetha i? Does ond tri mis ers imi gael hwnnw.'

'Mi ofynnais innau'r un cwestiwn. Ond mae'r cwmni'n mynnu cynnal ymchwiliad eu hunain.'

'Wel, wnaiff o ddim drwg am wn i.' Cipiodd Jim y fisged olaf oddi ar y bwrdd. 'Wela i chi toc,' meddai a chau'r drws ar ei ôl.

Arhosodd ar garreg y drws ac edrych o'i gwmpas. Doedd neb i'w weld ar y stryd, fel arfer, ond drwy gil ei lygaid tybiodd iddo weld llenni'n symud yn ffenest ail lawr tŷ pen y stryd. Syllodd ar y ffenest am eiliad, cyn cychwyn ar ei daith tua'r bryniau.

Er bod yr haf yn dirwyn i ben, roedd y coed yn dal yn brydferth. Roedden nhw mor drwchus mewn mannau nes i Jim orfod torri rhai o'r brigau i fynd rhyngddynt.

Meddyliodd Jim am ei ffrindiau yn ôl yng Nghaliffornia a pha mor wahanol fyddai dechrau'r ysgol hebddyn nhw y tymor hwn. Ceisiodd anghofio amdanyn nhw a chanolbwyntio ar gerdded. Roedd yn deimlad braf cael bod allan o'r dre. Hen dre ddiflas oedd Folsum. Doedd dim i'w wneud yno – dim canolfan siopa, dim gêmau cyfrifiadur, dim hyd yn oed maes chwarae pêl.

Cerddodd yn ddigyfeiriad am tua milltir nes cyrraedd llecyn agored yn y coed. I'r chwith o'r llecyn agored roedd pwll bychan, tywyll.

'O'r diwedd,' meddai Jim. 'Mae gan y lle 'ma ei fanteision wedi'r cwbl.'

Rhedodd at ymyl y dŵr a lluchio carreg lefn nes gwneud iddi sgipio a dawnsio hyd wyneb y dŵr llyfn. Yna gafaelodd mewn carreg fwy ac esgus bod yn sylwebydd gydag uchelseinydd:

'A dyma fo,' bloeddiodd Jim, 'y streiciwr byd-enwog, Jim Stanton.'

Paratôdd i luchio'r garreg – ond cyn iddo'i gollwng, hedfanodd carreg arall o'r coed y tu cefn iddo a sgipio o un ochr i'r pwll i'r llall.

Neidiodd Jim a throdd i syllu i'r coed.

'Pwy sy 'na?'

Dim ateb. Edrychodd o goeden i goeden ond doedd neb i'w weld yn unman. Yn ddistaw camodd oddi wrth y pwll ac i gysgod y goedwig gan wrando'n astud. Daeth rhyw wichian annaearol fel chwa o wynt ar hyd y borfa. Ac yna dim. Dim smic. Daeth lwmp i wddf Jim a cheisiodd lyncu'n ddistaw. Yna, yn uchel rhag ofn bod rhywun yn gwrando, dywedodd,

'Wel, wel, pwy fasai'n meddwl. Mae'r unig le diddorol yn yr ardal 'ma yn llawn ysbrydion!'

Cerddodd yn ofalus yn ôl at lan y pwll a syllodd ar ei adlewyrchiad anhapus yn y dŵr, ac ochneidio. 'Mae'n amser imi ei throi hi'n ôl am "Lanrhyfedd" mae'n siŵr,' meddai wrtho'i hun.

Ymddangosodd adlewyrchiad arall yn y dŵr llyfn. Wyneb merch wallt tywyll, tua'r un oed ag yntau.

Agorodd ei lygaid led y pen. Meddyliodd am redeg oddi yno, ond roedd ei goesau wedi fferru yn y fan a'r lle.

Gwenodd yr adlewyrchiad. 'Helô, Streiciwr Jim Stanton. Maria ydw i.'

Cododd Jim ei ben. Roedd merch yn eistedd mewn coeden uwchlaw'r pwll. Merch go iawn gyda mwnci bychan brown yn gafael yn dynn yn ei hysgwyddau.

Ochneidiodd Jim yn falch. 'Ges i fraw am eiliad. Ro'n i'n meddwl mai, mai . . . wel . . . '

'Ysbryd o'n i,' meddai'r ferch gan lithro'n ôl ar y gangen a glanio'n ysgafn ar y borfa. Gwthiodd gudyn o'i gwallt tywyll trwchus y tu ôl i'w chlust. 'Dyna o'n i wedi'i fwriadu i ti feddwl.' Daliodd y mwnci yn ei breichiau. 'Roedd yn rhaid i Sami a fi fod yn siŵr nad un ohonyn nhw oeddet ti.'

'Nhw?' holodd Jim.

Nodiodd Maria. 'Ie, nhw, un o'r gwyddonwyr gwallgo islaw.' Pwyntiodd i gyfeiriad y dref. 'O fan yna y daeth Sami. Fy ewythr achubodd o. Roedd o'n rhan o un o'u harbrofion lloerig.'

Cododd Jim ei ên. 'Gwyddonydd ydi fy nhad.'

Gollyngodd Maria y mwnci a cherdded o amgylch Jim. 'Dwi ddim yn deall. Dydyn nhw ddim yn chwilio amdanat ti?'

Caeodd Jim ei lygaid. Doedd o ddim yn deall. 'Ydi pawb yn y rhan yma o'r byd yn wallgo? Am be rwyt ti'n paldaruo?'

Plethodd Maria ei breichiau ac astudio Jim yn ofalus. 'Mae fy ewythr yn honni mai rhywbeth yn y dŵr sy'n gwneud pawb yn rhyfedd, ond dwi'n amau eu bod nhw'n ymyrryd â'r ymennydd. Be wyt ti'n feddwl?'

Cododd Jim ei freichiau mewn rhwystredigaeth. 'Dyna fo! Mae'r unig un yn y lle 'ma sy'n fodlon siarad efo fi o gwbl yn hurt bost ac yn cario mwnci ar ei chefn i bob man!' Trodd ar ei sawdl ac anelu tuag at y dref.

'Aros!' galwodd Maria.

Trodd Jim i'w hwynebu. 'Beth?'

'Wyt ti eisiau chwarae pêl, Jim Stanton?'

'Pêl-fas?' gofynnodd yntau.

Nodiodd Maria. 'Hynny ydi, os nad ydach chi wyddonwyr yn ormod o wimps i luchio pêl.'

Gwenodd Jim er ei waethaf. 'Ar dy ôl di.'

Pennod 5

 Arweiniodd Maria Jim dros y bryncyn nesaf ac yna i lawr dyffryn gwyrdd ffrwythlon. Yng nghysgod coed pinwydd tal roedd hen gaban pren gyda thryc blêr o'i flaen.

Wrth iddyn nhw nesáu at y caban galwodd Maria, 'Fi sy 'ma, Wncwl Max. Mae gen i ffrind efo fi.'

Sibrydodd yng nghlust Jim, 'Dwi'n gorfod gwneud hynna. Dydi ei olwg o ddim yn rhy dda, ac mae peryg iddo fo saethu gyntaf a gofyn pwy sy 'na wedyn.'

Syllodd Jim arni. 'Tynnu 'nghoes i wyt ti, yntê?'

Ddywedodd Maria 'run gair.

'Pwy sy efo ti?' bloeddiodd llais cras.

Winciodd Maria'n ddrygionus ar Jim, 'Un o bobl y dre. Mi ddois i o hyd iddo fo ar lan y pwll.'

'Beth?' cyfarthodd y llais. Camodd dyn mawr, gyda locsyn arian, yn gloff allan o bortsh y caban gan bwyso'n drwm ar hen ffon gam. 'Wyt ti'n gofyn am helynt? Does dim croeso iddo fo a'i deip yma.'

Gollyngodd Maria Sami yn rhydd a chamu ar y portsh at ei hewythr. 'Newydd symud i'r dre mae o. Dydyn nhw ddim wedi cael amser i weithio arno fo eto. A beth bynnag, mae'n ddiflas yma ac mae o'n gallu chwarae pêl.'

Gwgodd yr hen ŵr a syllu i lygaid Jim. 'Be wyt ti'n ei wneud i fyny fa'ma? Busnesa?'

Ysgydwodd Jim ei ben. 'Wyddwn i ddim fod neb yn byw yma.'

'Wel, roeddet ti'n anghywir.' Meddalodd wyneb caled yr hen ŵr. Trodd at Maria a dweud, 'Paid â'i gadw yma'n rhy hir.' Cyfeiriodd â'i ben tuag at Folsum. 'Does wybod beth wnân nhw iddo fo os dôn nhw i wybod.'

Trodd yr hen ŵr yn araf a cherdded yn gloff yn ôl i'r caban gan ysgwyd ei ben. 'Biti garw,' meddai.

Tro Jim oedd hi i wgu'n awr. 'Am be mae o'n sôn? Pwy sy am wneud beth i mi?'

Eisteddodd Maria ar stepen y portsh a mwytho Sami o dan ei ên. 'Mae'n well i ti beidio cael gwybod. Wedi'r cyfan, rwyt ti'n mynd i orfod byw lawr fan'na, gyda nhw.'

'Gwranda,' gwylltiodd Jim. 'Dwi wedi cael llond bol ar y dirgelwch gwirion 'ma. Os wyt ti'n gwybod rhywbeth, allan â fo. Os na, cau dy geg!'

Anesmwythodd Sami ym mreichiau Maria a dechreuodd wichian a chlebran. Petrusodd Maria. Mwythodd Sami cyn ei adael i mewn i'r caban.

'Reit, mi ddyweda i wrthat ti. Ddeng mlynedd yn ôl roedd Wncwl Max yn gweithio fel gofalwr yn labordai Falsum. Roedd o'n mwynhau ei swydd. Wrth gwrs, roedd y rhan fwya o'r bobl yn wahanol bryd hynny.'

Ciciodd Jim garreg fechan. 'Gafodd o ei sacio?'

'Mewn ffordd, do. Gofynnwyd iddo fo ymddiswyddo.'

'Pam?'

'Un diwrnod, wrth lanhau swyddfa Kinkaid, y llywydd, fe ddaeth ar draws dogfennau am arbrawf cyfrinachol. Roedd y cwmni'n cynnal arbrofion ymbelydrol o'r radd flaenaf ar bobl, a hynny heb iddyn nhw wybod dim.'

'Aeth o at yr heddlu?'

'Fe wnaeth o ei orau. Aeth ati i wneud llungopïau o'r dogfennau a galwodd yr awdurdodau. Ond cyn iddo allu profi dim cafodd y dogfennau eu dwyn o'i gartref. Cafodd ei guro gan y lladron ac fe dorrwyd ei goes. Y diwrnod wedyn, gofynnodd Kinkaid iddo fo ymddiswyddo.'

'Rargian, mae'r rhain yn bobl beryglus!' Crafodd Jim ei ben. 'Be sy'n gwneud iti feddwl y gwnân nhw rywbeth i mi? Wedi'r cyfan, mae blynyddoedd ers hynny, a hwyrach nad ydyn nhw'n gwneud y math yna o beth bellach. A ph'run bynnag, mae 'nhad yn wyddonydd. Byddai'n anodd iddyn nhw guddio dim rhagddo fo.'

Safodd Maria a sychu'r pridd sych oddi ar ei jîns. 'Wyt ti wedi sylwi fod pawb yn y dre yn rhyfedd ofnadwy?'

'Do,' gwenodd Jim. 'Taswn i'n gorfod dyfalu, mi ddywedwn i fod y labordy'n cynhyrchu zombis.'

Chwarddodd Maria ddim. 'Hwyrach dy fod ti'n gweld yr holl beth yn ddigri, ond paid â dweud na wnes i dy rybuddio di.'

'O-cê, mi glywais dy rybudd di. Mi gadwa i fy llygaid yn agored am bobl sy'n disgleirio yn y tywyllwch ac am rywun o'r enw Doctor Ffrancenstein.' Edrychodd ar ei oriawr. 'Soniaist ti rywbeth am chwarae pêl?'

Estynnodd Maria am ddwy faneg pêl-fas a phêl. Lluchiodd un o'r menig at Jim. Cyn iddo allu ei gwisgo'n iawn, taflodd Maria'r bêl yn galed i'w stumog.

Gwegiodd Jim mewn poen. 'Hei! Pam wnest ti hynna?'

Syllodd hithau'n ddifrifol arno.

'Well iti ddysgu meddwl yn gyflym, y cyw Ffrancenstein.'

PENNOD 6

Gwenodd Jim iddo'i hun wrth frasgamu i lawr wyneb y mynydd. Roedd Maria'n chwarae pêl-fas yn ddi-fai. Hynny yw, wedi iddi stopio bod yn flin gydag o.

Roedd pethau'n edrych rhywfaint yn well erbyn hyn. Roedd Jim wedi dod o hyd i bwll i nofio ynddo a ffrind newydd, y cyfan mewn un prynhawn. Roedd Maria wedi gofyn iddo ddod draw eto drannoeth. Roedd hi am ddangos ogof yn y bryniau y tu ôl i'w chartref iddo, ogof a grëwyd gan gloddwyr aur. Rhedai'r twneli am filltiroedd i grombil y bryniau. Dywedodd Maria fod un yn ymestyn bron yr holl ffordd i Folsum.

Pan gyrhaeddodd Jim ŵr y dref, fe betrusodd.

Er nad oedd wedi cyfaddef hynny wrth Maria, roedd rhywbeth ynglŷn â Folsum yn ei boeni'n arw.

Gwnaeth y teimlad ei fod yn cael ei wylio iddo benderfynu chwilio am ffordd arall i gyrraedd adref. Gan gadw'n isel y tu ôl i ffensys uchel gerddi ei gymdogion, ymlwybrodd ar hyd y stryd gefn. Agorodd giât iard gefn ei gartref a sleifio i mewn i'r tŷ.

Roedd ei rieni'n sgwrsio yn y cyntedd. Amneidiodd Dr Stanton ar Jim i symud yn nes. Glywais i dy fod i fyny yn y coed heddiw.'

Nodiodd Jim. Dechreuodd sôn am y pwll a Maria a phopeth, ond torrodd ei dad ar ei draws.

'Mi wn i dy fod ti'n teimlo fod y dre'n lle diflas, ond fe alwodd Kincaid arna i i'w swyddfa heddiw a gofyn imi dy wahardd rhag mynd i'r mynyddoedd eto.'

Cofiodd Jim am y llenni'n symud yn gynharach a chulhaodd ei lygaid. 'Sut roedd Kinkaid yn gwybod 'mod i'n mynd am dro heddiw?'

Ysgydwodd ei dad ei ben. 'Wn i ddim, was. Ond mae'n debyg ei fod yn groes i bolisi'r cwmni i adael i'r plant fynd i'r coed ar eu pen eu hunain. Fe ddwedodd Kinkaid fod pobl amheus yn byw yno, a rhaid bod yn ofalus iawn.'

'Ond, Dad . . . '

Cododd Dr Stanton ei law i dawelu ei fab.

'Dyna ddiwedd arni, Jim. Rydan ni'n newydd yma, a dwi'n siŵr fod Mr Kinkaid yn gwybod mwy na ni am yr ardal.'

Gafaelodd yn ei gês. 'Reit, mae'n amser i ni fynd draw i'r labordy. Ble mae Laura?'

Nid atebodd Jim. Roedd amheuon yn llenwi'i ben. Pwy oedd y Kinkaid yma, a pham oedd o'n gwahardd pobl rhag mynd i'r coed? Beth oedd ganddo i'w guddio?

Safai Mrs Stanton wrth y drws ffrynt, gyda Laura â'r ddol yn ei breichiau.

'Mae Dad yn disgwyl yn y car, Jim. Brysia, dydi o ddim eisiau siomi ei gyflogwr newydd drwy fod yn hwyr.'

'Iawn,' meddai Jim o dan ei wynt. 'Allwn ni ddim gadael i Mr Kinkaid feddwl ein bod ni'n perthyn i'r criw o bobl amheus, na allwn?'

'Beth ddwedaist ti, Jim?' gofynnodd ei fam.

Daliodd Jim y drws yn agored iddi. 'O, dim byd, Mam. Dim ond dweud gymaint rydw i'n edrych ymlaen at gyfarfod Mr Kinkaid.'

PENNOD 7

 Agorodd Dr Stanton ffenest y car a dal cerdyn adnabod o flaen camera trydanol bychan. Agorodd y giatiau a dywedodd llais robotaidd wrthynt am yrru ymlaen. Gwyliodd Jim y ddau swyddog diogelwch yn cerdded yn ôl ac ymlaen ar y balconi uwch eu pennau. Roedd yr holl adeiladau wedi'u hamgylchynu gan ffens wyth troedfedd o uchder, ac ar ei brig roedd weiren bigog, yn debyg iawn i'r ffens mewn gwersyll milwrol.

Parciodd Dr Stanton y car o flaen adeilad hir, gwyn gydag arwydd ar hyd y wal flaen:

LABORDAI CENEDLAETHOL FOLSUM
LLYWYDD: JEFFERSON KINKAID.

Roedd teulu Jim yn dotio at y cyfleusterau anhygoel ac yn clebran ynghylch pa mor ffodus oedd Dad o gael gweithio yma, ond doedd Jim ddim yn gwrando arnyn nhw.

Yn awr, yn fwy nag erioed, roedd o'n sicr fod rhywbeth rhyfedd yn digwydd yn Folsum ac y byddai'r peth hwnnw, rhywsut neu'i gilydd, yn effeithio ar ei deulu.

Ceisiodd gofnodi popeth yn ei ben wrth iddyn nhw gerdded ar hyd y coridorau, gan edrych allan am unrhyw beth amheus. Eglurodd ei dad mai yn adran feddygol breifat y labordai yr oeddyn nhw. Roedd y swyddfeydd busnes mewn adran arall, a'r arbrofion yn cael eu gwneud mewn amryw o labordai diogel a oedd wedi'u hadeiladu'n arbennig ar gyfer y gwaith.

Roedd gŵr tal gydag aeliau du, trwchus a gwallt yn britho yn disgwyl amdanynt yn y dderbynfa.

'Croeso, deulu bach. Yr union fath o deulu rydym wrth ein bodd yn ei groesawu yma yn Folsum.'

'Diolch, syr.'

Nid arhosodd y gŵr i gael ei gyflwyno. 'Fi yw Jefferson Kinkaid,' meddai. Llygadodd Jim am ennyd. 'Ti yw'r pêl-faswr, mae'n siŵr gen i' meddai.

Nodiodd Jim.

'Mae'n beth da cael diddordebau, cyn belled nad ydyn nhw'n amharu ar ġyfrifoldebau rhywun, yntê.'

'Nid diddordeb yn uniġ ydi o ġen i, syr. Dwi'n bwriadu cael ġyrfa fel chwaraewr pêl-fas.'

Fflachiodd llyġaid ġlasoer y ġŵr. 'Fe ġawn ni weld am hynny, dwi'n siŵr.'

Cerddodd dynes mewn côt wen tuaġ atynt. Edrychodd ar ei chlipfwrdd a ġofyn iddyn nhw ei dilyn i ystafell aros fechan.

'Roedd hi'n braf cwrdd â'r teulu, Stanton.' Gwenodd Kinkaid ġan blannu'i ddwylo ym mhocedi ei ġôt wen. 'Efallai y byddai'n syniad da cadw llyġaid ar y mab, serch hynny. Tipyn o lond llaw, efallai.'

Teimlodd Jim lyġaid Kinkaid yn syllu arno wrth iddyn nhw ġerdded ar hyd y coridor. Roedd yn falch pan aethant rownd y ġornel ac i mewn i'r ystafell aros.

Nid hwn oedd y tro cyntaf i Jim fod mewn labordy. Roedd wedi bod yn labordai ei dad sawl tro. Ar yr wyneb, doedd dim yn wahanol yma. Roedd pobl mewn cotiau ġwynion yn cerdded o ġwmpas yn frysioġ ac yn cario papurau pwysiġ yr olwġ.

Ond roedd un ġwahaniaeth mawr.

Y distawrwydd.

Doedd neb yn siarad â'i gilydd – ddim hyd yn oed yn cydnabod ei gilydd. Roedden nhw'n union fel petaen nhw'n robotiaid yn eu byd bach eu hunain.

Ond, yn sydyn, tarfwyd ar y distawrwydd.

'Stanton, Robert!'

Neidiodd Jim. Ymddangosodd gŵr tal mewn gwisg wen yn y drws. Chwarddodd tad Jim. 'Ymlacia, was. Does dim angen i ti boeni – dim ond archwiliad bach ydi o.'

Ond roedd Jim yn dal yn bryderus.

Daeth y gŵr yn ei ôl ddwywaith eto, i nôl ei fam ac yna Laura.

Arhosodd Jim am gryn awr. O'r diwedd daeth gŵr bychan, oedrannus i mewn i'r ystafell.

'Ai ti yw Jim Stanton?'

Nodiodd Jim.

'Ti yw'r olaf, felly. Rydan ni wedi cael tipyn o argyfwng. Dim byd mawr. Maen nhw wedi gofyn i mi dy drin di. Dr Wiley ydw i, gyda llaw.'

Dilynodd Jim y doctor i lawr y coridor hir. Roedd yr hen ŵr yn mwmial dan ei wynt yr holl ffordd. 'Maen nhw'n dweud 'mod i'n rhy hen a bod fy meddwl i'n darfod. Ond maen nhw'n anghywir. Rydw i'n ddigon 'tebol i wneud hyn – mae'r peth yn gwbl amlwg.'

Agorodd y doctor ddrws yr ystafell archwilio.

'Reit, gorwedda ar y bwrdd. Gorau po gyntaf y cawn ni orffen hyn.'

Trawodd y doctor ben-glin Jim gyda morthwyl bychan gan wylio'i ymateb dros ei sbectol. 'Rwyt ti'n edrych yn iach iawn i mi.'

'Mi ydw i.'

'Da iawn; mi awn ni'n syth at y prawf gwaed, felly.' Aeth y doctor at fwrdd a gafael mewn nodwydd hir. Gollyngodd rywbeth ar y llawr, rhywbeth tebyg i smotyn bychan du. Rhegodd wrth blygu i'w godi. 'O, gobeithio nad ydi hwn wedi'i ddifrodi,' meddai.

Wrth iddo godi'i ben, sylwodd y doctor fod Jim yn ei wylio. Agorodd ei lygaid led y pen. 'Os gweli di'n dda, paid â sôn am hyn wrth neb. Maen nhw'n ystyried cael rhywun yn fy lle yn barod.'

Trodd y doctor yn ôl at y bwrdd ac ymestyn y nodwydd tuag at fraich Jim. Cyn i Jim gael cyfle i brotestio, plymiwyd y nodwydd i'w fraich a gwthiwyd rhywbeth o dan ei groen.

'Arhoswch funud!' Gafaelodd Jim yn y nodwydd a'i thynnu o'i fraich. 'Beth yn y byd ydach chi'n ei wneud? Nid tynnu gwaed ydach chi!'

Camodd y doctor yn ôl, plethu ei freichiau o'i flaen, ac edrych ar y bachgen heb ddweud gair.

Ceisiodd Jim sefyll. Roedd yr ystafell yn

chwyrlïo o'i amgylch. Gollyngodd ei afael yn y bwrdd a cheisiodd gamu ymlaen.

Roedd y llawr yn dod yn nes ac yn nes.

Yna aeth pobman yn dywyll.

Pennod 8

Agorodd Jim ei lygaid ar fyd aneglur. O dipyn i beth daeth yr ystafell yn gliriach. Roedd lluniau o chwaraewyr pêl-fas ar y wal. Roedd o gartref yn ei wely ei hun.

Ond roedd rhywbeth o'i le. Ymdrechodd i gofio. Roedd ei ben yn pwnio. Beth oedd yn bod?

Daeth ei fam a'i dad i mewn i'r ystafell. Roedd ei fam yn cario hambwrdd gyda gwydraid o sudd oren arno. 'Sut wyt ti'n teimlo erbyn hyn, James?' holodd. Eisteddodd Mam ar erchwyn y gwely ac aildrefnu'r gobennydd y tu ôl i ben ei mab.

Syllodd Jim arni. Roedd rhywbeth yn wahanol ynglŷn â hi. Roedd hi'n gwisgo siwt drwsiadus yn hytrach na'r jîns arferol, ac roedd hi wedi'i alw'n

James. Doedd hi erioed wedi'i alw'n James o'r blaen.

Rhwbiodd Jim ei ben. 'Be ddigwyddodd?'

Edrychodd ei dad arno'n oeraidd. 'Rwyt ti wedi cael damwain. Mi est ti am dro i'r coed a chael codwm gas. Roedd yn rhaid inni dy ruthro i'r ystafell argyfwng, ond doedd o'n ddim byd difrifol. Mi fyddi di'n iawn ar ôl cael ychydig o orffwys.'

'Y coed?' Crychodd Jim ei dalcen. 'Dydw i ddim yn cofio syrthio.'

'Roedd Dr Wiley'n dweud na faset ti'n cofio rhai pethau am dipyn, cariad.' Tyciodd ei fam ei flanced yn dynn amdano. 'Paid â phoeni. Gorffwysa di.'

Gwenodd ei dad yn fecanyddol arno.

'Mae dy fam a finnau ar ein ffordd i un o gyfarfodydd y cwmni. Mi fyddwn yn ôl mewn rhyw awr. Os byddi di angen rhywbeth, gofyn i Laura roi caniad i ni. Mae'r rhif yn ymyl y ffôn i lawr y grisiau.'

Gadawodd y ddau yr ystafell a theimlai Jim yn fwy dryslyd fyth. Doedd o ddim yn cofio bod yn y coed. Ond roedd rhywbeth cyfarwydd ynglŷn â'r enw Wiley. Ond wrth geisio meddwl, roedd y cur yn ei ben yn gwaethygu.

Ceisiodd godi ar ei eistedd, ond roedd y boen

yn annioddefol. 'Laura!' gwaeddodd.

Sgipiodd Laura i mewn i ystafell wely ei brawd gan gario'i doli newydd. 'Wyt ti angen unrhyw beth? Mi ddywedodd Mam a Dad wrtha i am dy helpu di os oedd angen.'

Edrychodd Jim ar ei chwaer. Roedd hyd yn oed Laura'n wahanol. Roedd ganddi ffrog debyg i un Alys yng Ngwlad Hud. Ysgydwodd ei ben. Ond doedd hyn ddim ond yn gwneud y boen yn waeth.

'Mae'n rhaid i mi gael tabled at y boen, Laura. Ei di i chwilio am aspirin neu rywbeth i mi?'

'Na. Fedra i ddim. Dwi wedi cael gorchymyn i beidio rhoi cyffuriau i ti. Mae'n rhaid imi ufuddhau.'

'Beth?'

'Mae'n rhaid imi ufuddhau. Ond mi ga i ddarllen stori iti. Beth hoffet ti glywed?'

Gafaelodd Jim yn ei ben poenus. 'Dy sŵn di'n gadael yr ystafell. Os nad wyt ti am fy helpu, dos o'ma nawr.'

Ac aeth Laura allan o'r ystafell heb ddweud 'run gair.

Cododd Jim ar ei draed yn araf ac yn simsan. Symudodd yn bwyllog gydag ochr ei wely ac at y wal. Pwysodd yn ei herbyn am funud cyfan. Dim ond iddo beidio â cheisio meddwl, doedd y boen ddim mor ddrwg.

Penderfynodd beidio â mentro i lawr y grisiau, felly aeth i ystafell ymolchi ei rieni a dod o hyd i botel o dabledi lladd poen yn y cwpwrdd uwchben y sinc. Wedi llyncu un neu ddwy eisteddodd ar erchwyn y gwely. Canodd y ffôn.

Symudodd Jim gydag ymyl y gwely a'i ateb. 'Helô?'

'Haia, Jim. Fi, Maria, sy 'ma.'

'Maria?'

Chwarddodd hithau. 'Ia. Wyt ti wedi anghofio'n barod? Maria o'r pwll.'

'Pwll?' Teimlai Jim yn rêl twpsyn. Ni allai gofio neb o'r enw Maria.

Roedd ennyd o ddistawrwydd ar ochr arall y lein. 'Jim, wyt ti'n iawn?'

'Nac ydw. Na, dydw i ddim. Mae 'mhen i'n teimlo fel petai trên wedi gyrru drosto. Mae'n ddrwg gen i, ond dwi ddim yn dy gofio di.'

Clywodd lais dynes yn torri ar draws y sgwrs. 'Nid yw'r llinell hon yn gweithio.'

Aeth y ffôn yn fud.

'Helô?' Dim ateb. Rhoddodd Jim y derbynnydd yn ôl yn ei grud. Syrthiodd yn ôl ar y gobennydd. Beth oedd yn digwydd? Pam na allai gofio dim? A pham oedd ei deulu'n ymddwyn mor rhyfedd?

Nid dim ond ei ben oedd yn brifo. Teimlai boen fel cyllell yn saethu i fyny ac i lawr ei fraich. Ac roedd darn o blastar ar ei fraich hefyd, ychydig yn is na'r ysgwydd. Pliciodd y plastar i gael gweld beth oedd yno.

Lwmpyn bychan coch.

'Pigiad gwenyn.'

Roedd Laura'n sefyll wrth y drws, yn ei wylio. 'Dywedodd Mam a Dad wrtha i am ddweud wrthat ti mai pigiad gwenyn oedd o.'

'Beth wyt ti'n feddwl, "dweud wrtha i"?' Nid atebodd Laura, dim ond troi ar ei sawdl a'i heglu hi am ei hystafell ei hun.

Llwyddodd Jim i godi ar ei draed. 'Laura, ty'd yn d'ôl. Laura!'

Roedd y boen yn waeth . . . a'r ystafell yn troi.

'O na!' Crafangiodd am y wal. 'Dim eto . . . !'

PENNOD 9

 Roedd yn haws, ac yn well, peidio meddwl, peidio cwestiynu.

Eisteddodd Jim dan bortsh cefn y tŷ yn gwylio'r lleuad yn codi'n araf uwchben y mynyddoedd tywyll. Roedd tridiau ers y ddamwain ac ni allai gofio dim, byth.

Roedd ei deulu wedi gwneud eu gorau i'w gysuro ac i'w sicrhau fod popeth yn iawn. Ond yn ei galon roedd yn gwybod nad felly'r oedd hi. Pam ei fod yn gallu cofio'r digwyddiadau lleiaf o'i blentyndod – pethau fel y prydau bwyd a fwytaodd a'r anrhegion pen-blwydd a dderbyniodd – ac eto, roedd wedi anghofio popeth arall ynglŷn â'i orffennol? Saethai poen annioddefol drwy'i ben bob tro y ceisiai gofio rhywbeth.

Roedd car newydd, bron yn union fel pob un o'r rhai drud eraill ar y stryd, wedi'i anfon i'w tŷ, a'r hen racsyn mawr rhydlyd wedi diflannu. 'Polisi'r cwmni' oedd yr eglurhad gafodd Jim. Roedden nhw am gadw'u gweithwyr yn hapus.

Roedd ei fam a'i dad fel petaent wrth eu bodd gyda'u bywyd newydd. Bob nos, yn ddi-ffael, roedden nhw'n mynd i gyfarfodydd y cwmni, ac ar ôl dod adref roedden nhw'n ymddwyn yn fwy fel dieithriaid bob tro.

Roedd Laura'n cadw iddi hi ei hun. Doedd hi byth yn chwarae y tu allan i'r tŷ, nac yn gofyn i Jim fynd â hi i unman. Roedd arni eisiau bod ar ei phen ei hun drwy'r amser.

'Pssst.'

Cododd Jim ar ei eistedd. Roedd y sŵn yn dod o'r tu ôl i'r ffensys uchel oedd o gwmpas yr ardd gefn.

'Pssst, Jim – fan'ma!'

Symudodd Jim tuag at y ffens a sbecian drosti. Yno'n sefyll roedd merch dlos gyda gwallt tywyll, hir.

'Pwy wyt ti?'

Cododd ei bys at ei gwefus. 'Sssh, y penci. Wyt ti eisiau i mi gael fy nal?'

'Mae hynny'n dibynnu ar bwy wyt ti ac oddi wrth bwy wyt ti'n cuddio.'

Dringodd mwnci bychan brown dros ysgwydd y ferch a llamu dros y ffens.

'Sami, ty'd yn ôl,' sibrydodd hithau. 'Rwyt ti'n mynd i ddifetha popeth.'

Dechreuodd pen Jim bwnio eto. Roedd yn sicr ei fod yn adnabod y mwnci, ac roedd wedi gweld y ferch yn rhywle o'r blaen hefyd. Dechreuodd yr enw 'Maria' ffurfio yn ei feddwl. Ynganodd yr enw'n uchel, 'Maria?'

'Rwyt ti'n cofio fy enw, felly. Wel, mae hynny'n ddechrau da,' meddai. Camodd drwy'r giât a chipio Sami yn ei breichiau. 'Ty'd. Mae amser yn brin.'

Doedd gan Jim yn ei benbleth, ddim syniad beth oedd yn digwydd. 'Ble rydan ni'n mynd?' gofynnodd.

'Dwi'n mynd â ti at Wncwl Max. Mae o am geisio dy helpu.'

Helpu? Yn sicr roedd arno angen help. Roedd y boen yn ormod i ofyn rhagor o gwestiynau. Cerddodd drwy'r giât a dilyn Maria tua'r mynyddoedd.

PENNOD 10

Teimlai'n ddiogel wrth ddilyn y ferch. Roedd hi'n amlwg yn gwybod lle'r oedd hi'n mynd. Gan afael yn ei law, arweiniodd y ferch Jim drwy dwnnel tywyll du gyda dim ond golau fflachlamp fechan i'w helpu. Baglodd Jim unwaith a glanio ar ei bengliniau. Trodd y ferch y golau i'w gyfeiriad. Roedd Jim wedi baglu dros gist fechan lychlyd a'r gair DEINAMEIT wedi'i ysgrifennu arni.

Daethant at geg y twnnel. Wrth iddynt ddringo allan i lewyrch golau'r lleuad, sylwodd Jim ar gaban pren ychydig droedfeddi o'u blaenau.

Galwodd y ferch yn ddistaw, 'Dwi'n ôl, Wncwl

Max, ac mae o gyda mi.'

Gwichiodd drws mawr, cadarn ar agor. Atebodd llais dwfn, cryg. 'Brysia Maria. Wyddost ti ddim pa mor beryglus yw hyn.'

Gwasgodd Maria law Jim yn dynn a'i dynnu y tu ôl iddi wrth redeg tua'r caban. Y tu mewn, gosododd Maria y mwnci ar y gwely, bolltio'r drws a dechrau gosod blancedi dros y ffenestri.

Syrthiodd Jim ar y gwely yn ymyl y mwnci. Roedd popeth yn dal yn benbleth iddo. Yr oll a wyddai oedd bod ei ben yn pwnio mewn poen, ac os gallai'r bobl hyn ei helpu yna roedd yn fwy na pharod i adael iddyn nhw wneud hynny.

Eisteddodd yr hen ŵr blêr wrth ei ochr. 'Sut lwyddon nhw i wneud hyn i ti, was?' holodd.

Syllodd Jim arno. Doedd o ddim mewn hwyliau chwarae gêm. Beth oedd o'n ei wneud yma p'run bynnag? Byddai ei rieni'n poeni amdano. Ond wedi dweud hynny, doedd fawr ddim yn poeni'i rieni'n ddiweddar.

Cerddodd y ferch tuag atynt. 'Mae o'n cwyno bod ei ben yn brifo, a dydi o ddim yn cofio llawer.'

Ochneidiodd y dyn. 'Mae'n rhaid i ti geisio cofio, was. Ddaru nhw roi rhywbeth i ti? Gest ti driniaeth o unrhyw fath?'

Gafaelodd Jim yn ei ben. Teimlai awydd

sgrechian. Ond yn dawel dywedodd, 'Dyma'r broblem. Alla i ddim meddwl. Mae fy mhen fel petai'n ffrwydro'n deilchion.' Yn ei rwystredigaeth, crafodd y plastar ar ei fraich.

'Beth ydi hwnna?' holodd Maria.

Cododd Jim lawes ei grys. 'Pigiad gwenyn, am wn i. Mae'n llosgi fel tân.'

Tynnodd yr hen ŵr y plastar.

'Dyna fo! Maria, mi fyddwn ni angen dŵr berwedig a 'nghyllell hela finiocaf i.'

'Arhoswch funud.' Ceisiodd Jim brotestio, ond roedd yn rhy wan.

Estynnodd Wncwl Max botel frown oddi ar silff gyfagos a thywallt yr hylif ar gadach coch. Helpodd Jim i orwedd yn ôl ar y gwely. Gwelodd Jim y cadach yn nesáu at ei wyneb cyn gorchuddio'i ffroenau. Ceisiodd droi ei ben, ond ni allai.

Gafaelodd Max yn dynn ynddo a sibrwd mewn llais addfwyn, 'Ymlacia di, was. Mi fyddi di'n teimlo fel bachgen newydd sbon ymhen rhyw ddeng munud.'

PENNOD 11

Roedd Jim yn breuddwydio. Roedd o'n ôl yn y labordy a phopeth yn dywyll. Ni allai weld dim, ond gallai glywed lleisiau o'i gwmpas.

'Wiley, y twpsyn hurt! Rwyt ti wedi gosod y gell anghywir yn y bachgen. Rydyn ni'n dal i arbrofi ar honna. Fe ddylen nhw fod wedi cael gwared ohonot ti flynyddoedd yn ôl.'

Crynai llais yr hen ŵr mewn ofn.

'Mae'n ddrwg gen i, Ryan. Plîs paid â gwneud hynny. Mi dynna i y gell allan ac ailadrodd y driniaeth.'

'Arhoswch!' meddai llais cyfarwydd. Kincaid oedd o. 'Fe all hyn fod o ddefnydd i ni. Mi adawn ni'r ĝell G-2 yn y bachĝen am ryw ddeuddydd, yna ei alw i mewn i'w ĝwestiynu. Efallai y cawn ni ĝanlyniadau diddorol iawn. Pwy a ŵyr?'

'Ond beth am ei deulu? Maen nhw wedi derbyn y driniaeth rheoli meddwl. Mae'r bachĝen yn siŵr o sylwi bod rhywbeth o'i le a bod pethau'n wahanol ĝartre,' meddai Ryan.

'Fe wnewch chi ufuddhau i 'ngorchmynion,' cyfarthodd Kincaid. Yna chwarddodd yn ddieflig. 'Os bydd y ĝell yn ĝweithio, fe fydd ein pêl-faswr bach ni mewn ĝormod o boen i ddefnyddio'i ymennydd. Yn o fuan, fydd o hyd yn oed ddim yn cofio'i enw'i hun.'

'Jim!' Roedd llais ifanc, addfwyn yn ĝalw ei enw.

'Deffra, y streiciwr Jim Stanton. Rwyt ti'n siarad yn dy ĝwsĝ.'

Aĝorodd Jim ei lyĝaid mewn fflach. Roedd Maria'n sefyll wrth erchwyn y ĝwely. 'Mae'n hen bryd i ti ddod yn ôl aton ni. Ro'n i'n dechrau poeni amdanat ti,' meddai.

Cododd Jim ar ei eistedd ar y ĝwely ac ysĝwyd ysĝwyddau Maria'n ffyrnig.

'Dwi'n cofio, Maria. Dwi'n cofio popeth! Mae'n rhaid i ni alw'r heddlu. Mae Kincaid ar ôl fy nheulu.'

'Ymlacia, was.' Camodd Wncwl Max tuaĝ atynt.

'Sut hwyl sydd arnat ti erbyn hyn, ar ôl ein triniaeth fach ni?'

'Triniaeth?'

Gafaelodd Max mewn botel fechan a'i dangos iddo. Ynddi roedd smotyn bychan du. 'Rydan ni wedi tynnu'r cythraul bach allan o dy fraich. Mae'n debyg mai hwn oedd achos yr holl drwbwl.'

'Reit!' gwaeddodd Jim. 'Gwell fyth, felly – mae gynnon ni dystiolaeth gadarn. Digon i sicrhau na fydd Kincaid yn gweld golau dydd byth eto.'

'Mae arna i ofn nad ydi pethau mor rhwydd â hynny.' Gosododd Max y botel ar y silff. 'Wyt ti'n cofio beth ddigwyddodd i mi?' Edrychodd ar ei goes gloff. 'Mae'n rhaid i ni bwyllo – gwneud yn siŵr bod y defaid i gyd yn saff yn y gorlan cyn cau'r giât.'

'Mae Wncwl Max yn iawn, Jim. Tra oeddet ti'n cysgu fe fuon ni'n trafod. Mae'n rhaid i ti fynd yn ôl adref a chymryd arnat fod popeth yn iawn.'

'Ydach chi'n wallgo? Mae'n holl deulu dan reolaeth y Kincaid lloerig 'na.'

'Fe fyddan nhw'n iawn,' meddai Maria. 'Dydi Kincaid ddim yn bwriadu eu hanafu nhw. Mae'n bwysig ein bod yn cael rhagor o amser i gasglu mwy o dystiolaeth – cael prawf pendant o'i gynllwynion ar ddu a gwyn. Digon i brofi heb os nac oni bai ei fod o'n euog.'

Cafodd Jim help gan Max i godi ar ei draed.

'Dyma'r unig ffordd, was, coelia di fi. Mae Maria am dy hebrwng di'n ôl drwy'r gloddfa nawr. Gyda lwc, fydd neb wedi sylwi dy fod wedi diflannu. Cofia edrych fel tasai dim o'i le, a hynny gyda dy deulu hefyd . . . A chadw dy lygaid yn agored, rhag ofn i ti ddod o hyd i fwy o dystiolaeth.'

Pwysodd Jim yn erbyn y wal. 'Pam mae Kincaid yn gwneud hyn i ni? Pam dewis fy nheulu i?'

'Nid dim ond dy deulu di, Jim. Mae'r holl dref o dan fawd Kincaid. Ond gyda dy help di fe fyddwn ni'n siŵr o ddatrys y dirgelwch.'

Roedd Jim yn gyndyn o adael. 'Sut alla i gysylltu â chi? Dwi'n eitha siŵr bod galwadau ffôn yn cael eu recordio.'

'Gadael neges wrth geg y twnnel. Fe wnaiff Maria ddangos i ti ymhle. Mae'n well i ti frysio cyn iddyn nhw sylwi dy fod ar goll. Mae'r bobl yma'n beryglus tu hwnt.'

PENNOD 12

Symudodd Maria'r canghennau oedd yn cuddio ceg y twnnel a sibrwd yn dawel, 'Mae'r llwybr at y giât yn glir.' Trodd i'w wynebu yng ngolau'r lleuad. 'Bydd yn ofalus. Os aiff unrhyw beth o'i le, hegla hi. Gallwn ddod i nôl dy deulu di yn nes ymlaen.'

Gwasgodd Jim ei llaw. 'Diolch am bopeth, Maria. Beth bynnag ddigwyddith, dwi am i ti a Max wybod 'mod i'n gwerthfawrogi popeth rydach chi'n ei wneud drosta i.'

Daliodd Maria ei law am eiliad ac yna'i gollwng. 'Brysia. Cofia, mi fydda i'n disgwyl negeseuon gen ti.'

'Wna i ddim anghofio.' Sythodd Jim y brigau

wrth geg y twnnel, a chan wyro'n isel dechreuodd gerdded i lawr yr allt tuag adref.

Roedd y stryd yn dywyll fel bol buwch. Roedd Jim yn llygad ei le am ei rieni – doedden nhw ddim wedi bod yn poeni amdano. Roedden nhw wedi mynd i'r gwely oriau ynghynt, ac wedi cymryd yn ganiataol ei fod yntau'n cysgu'n sownd.

Cododd haul y bore yn rhy fuan o lawer i Jim. Doedd o ddim wedi cysgu'n iawn ers dyddiau, a dyna'r unig beth yr oedd ei gorff blinedig ei eisiau. Ond roedd yn rhaid iddo'i lusgo'i hun o'i wely rhag i neb ei amau.

Prin ei fod wedi cael cyfle i godi ar ei eistedd cyn i ddrws ei ystafell wely agor. Safai ei fam o'i flaen wedi ei gwisgo'n berffaith a'r hen wên ffug honno ar ei hwyneb.

'Sut mae pethau heddiw, James?'

'Reit, dyna ni,' meddai Jim wrtho'i hun. Gwnaeth ystumiau poenus ac edrych arni drwy ei lygaid blinedig. 'Mae 'mhen yn fy lladd i.'

Mwythodd ei fam ei wallt. Roedd hi'n ei atgoffa o Modryb Trudy'n mwytho'i phŵdl.

'Mae Mr Kincaid eisiau dy weld di yn y labordy am un o'r gloch y pnawn 'ma. Mae o'n credu y gall o dy helpu di i wella. Chwarae teg iddo fo, yntê?'

Gwibiodd meddwl Jim. Roedd yn rhaid iddo adael neges i Maria.

'Yn y cyfamser, cariad, mae'n rhaid i mi bicio allan,' meddai ei fam. 'Mae Laura wedi cael gorchymyn i aros gyda ti.'

'Mi fydda i'n iawn ar fy mhen fy hun. Ewch â Laura gyda chi.'

Rhythodd ei fam arno. 'Mae Laura wedi cael gorchymyn i aros gyda ti,' meddai eto. Trodd ar ei sawdl a gadael yr ystafell.

'Gwych!' ochneidiodd Jim. Gafaelodd yn ei ddillad. Clywodd gnoc ar y drws.

'Wyt ti wedi gwisgo amdanat? Fi sy 'ma. Laura. Dwi i fod i gadw cwmni i ti y bore 'ma.'

Tynnodd Jim ei grys-T dros ei ben. 'Na, dydw i ddim wedi gwisgo eto. Mi alwa i pan fydda i'n barod.' Llithrodd i mewn i'w jîns. Clymodd gareiau ei esgidiau a cherdded at y ffenest ar flaenau ei draed. Roedd ei ystafell ar yr ail lawr, ond petai o'n gallu clymu dillad y gwely . . .

'Roeddet ti'n dweud celwydd!' Safai Laura ar riniog y drws, yn syllu arno'n gyhuddgar.

'Do'n i ddim wedi gorffen gwisgo'n iawn. Pwy wahoddodd ti i fy ystafell, Twpsan? Hegla hi!'

'Cha i ddim.'

Syllodd Jim ar ei chwaer. Daeth syniad i'w ben.

'Laura, i bwy mae'n rhaid i ti ufuddhau?'

'Fy hynafiaid. Mae'n rhaid imi ufuddhau i'm hynafiaid.'

'Beth fyddai'n digwydd petait ti ddim yn ufuddhau?'

'Cosb.'

'Faint ydi dy oed di, Laura?'

'Wyth oed.'

'A faint ydi fy oed i?'

'Tair ar ddeg.'

'Felly, rydw i'n hŷn na ti.'

Edrychodd Laura arno'n ddryslyd ac yn boenus. 'Mae'n rhaid imi ufuddhau i'm hynafiaid.'

Bingo! meddyliodd Jim. 'Laura, rydw i'n hŷn na ti, ac rydw i'n dy orchymyn i sefyll yn y gornel acw.' Cyfeiriodd at y gornel yn ymyl ei gwpwrdd dillad.

Wnaeth Laura ddim protestio. Aeth ar unwaith i sefyll yn y gornel.

Cydiodd Jim mewn llyfr nodiadau a phensil oddi ar ei ddesg.

Maen nhw'n mynd â fi at Kincaid am un o'r gloch. Fe wnaf fy ngorau i gael gafael ar ragor o wybodaeth. Os na chlywch chi gen i yn fuan, galwch yr heddlu.

Rhwygodd y dudalen o'r llyfr a'i stwffio i'w boced.

Roedd Laura'n dal i sefyll fel delw yn y gornel. Dechreuodd Jim deimlo'n euog.

Paid â phoeni, Twpsan. Fydda i ddim yn hir.

PENNOD 13

Llwyddodd Jim i gyrraedd ceg y twnnel a dod yn ôl adref heb unrhyw anawsterau. Gadawodd i Laura ddarllen stori iddo i ymddiheuro am ei gadael yn y gornel.

Daeth ei fam yn ôl o'i phwyllgor a sŵn ei sodlau uchel yn clecian ar yr iard gefn. 'Ty'd, James, mae'n bryd inni fynd.'

'Mynd i ble?' Daliodd Jim ei ben ac esgus bod mewn poen.

'Dwyt ti ddim yn cofio? Mae Mr Kincaid eisiau dy weld.'

Dilynodd Jim hi drwy'r tŷ. 'Sut alla i gofio dim gyda'r cur pen ofnadwy yma?'

Roedd seddi lledr yn y car newydd ac arogl

newydd sbon danlli arno. Bagiodd Mrs Stanton i lawr y dreif a throi i gyfeiriad y labordy.

Pwysodd Jim ei ben yn erbyn y ffenest a gwylio'i fam drwy gil ei lygaid. Roedd ei hwyneb yn gwbl ddiemosiwn. Ni siaradodd yr un gair gydol y daith.

Parciodd ei fam y car y tu allan i'r adran fusnes. 'Fe ddywedodd Mr Kincaid y dylset ti fynd i mewn ar dy ben dy hun, James.'

Agorodd Jim ddrws y car a sibrwd wrth ei fam. 'Pan fydd hyn i gyd drosodd, dwi'n gobeithio y byddwch yn falch ohona i.' Fflachiodd llygedyn o emosiwn ar draws ei hwyneb.

'Hwyl fawr, James.'

Ochneidiodd wrth ffarwelio cyn gwylio ei fam yn gyrru i ffwrdd.

Roedd yr amser wedi dod. Trodd i wynebu'r adeilad mawr gwyn a wyrai drosto fel cwmwl du. Llithrodd drwy'r drysau gwydr a dod wyneb yn wyneb â gŵr mawr gyda llygaid tywyll, gwyliadwrus.

'Mae'n rhaid mai chi yw Jim Stanton. Fi yw Dr Ryan, cynorthwyydd personol Mr Kincaid. Dilynwch fi, os gwelwch yn dda.'

Ryan! Llyncodd Jim ei boer. Dyna oedd enw'r trydydd doctor oedd yn gwybod am y gell a blannwyd yn ei fraich. Ceisiodd ymlacio. *Mae popeth yn dibynnu ar dy berfformiad di, was.*

Crychodd ei drwyn ac actio fel petai mewn poen. 'Dwi'n ġobeithio wir y ġallwch chi fy helpu i, doctor. Rydw i mewn poen ofnadwy.'

'Rydach chi wedi dod i'r lle iawn felly, Jim. Dilynwch fi.'

Cafodd Jim ei dywys ar hyd coridor ac at ddrws derw cadarn ġyda phlac aur a'r ġeiriau LLYWYDD: JEFFERSON KINCAID wedi'u cerfio arno.

'Dos i mewn, Jim. Gwna dy hun yn ġyfforddus. Fe fydd y Llywydd yma ymhen rhyw ddeġ munud. Mae o mewn cyfarfod ar hyn o bryd.'

Caeodd Dr Ryan y drws ar ei ôl ġan adael Jim yn y swyddfa foethus. Roedd carped trwchus, ġwyn ar y llawr a desġ fahoġani anferthol o flaen y ffenest. Yr ochr arall i'r ddesġ roedd soffa fawr. Ar un pen iddi, roedd cwpwrdd ffeiliau tal.

Cymerodd Jim ġipolwġ sydyn y tu ôl iddo cyn dechrau ġweithio. Dim ond deġ munud oedd ġanddo i ddod o hyd i rywbeth. Ceisiodd aġor y cwpwrdd ffeiliau, ond roedd wedi'i ġloi. Ymbalfalodd yn wyllt drwy ddrôr y ddesġ. Yn wyrthiol, roedd ġoriad aur wedi'i lynu â thâp ar wyneb blaen y ddrôr.

Roedd yn ffitio twll clo y cwpwrdd ffeiliau.

Bodiodd y ffeiliau niferus. Daeth ar draws ffeil fawr ġyda'r ġeiriau PROSIECT: BYD PERFFAITH arni.

Gafaelodd ynddi a dechrau darllen yn frysioġ.

Adroddiad oedd o, wedi'i ysgrifennu gan Jefferson Kincaid. Roedd yn egluro sut yr oedd wedi llwyddo i reoli meddyliau trigolion Folsum. Roedd yn rhestru enwau'r holl bobl oedd yn rhan o'r prosiect, ac ynddo roedd papurau'n amlinellu cynllwynion Kincaid i fod yn unben ac arlywydd gwlad newydd.

'Mae'r dyn yn gwbl wallgo,' meddai Jim wrtho'i hun.

Clywodd gnoc ar y ffenest. Llamodd calon Jim a bu bron iddo ollwng y ffeil. Maria oedd yno, diolch i'r drefn. Roedd Sami'n sbecian o'r bag glas a gariai ar ei hysgwydd. Dangosodd Maria y torrwr bolltiau oedd ganddi yn ei llaw, a gwenodd.

'Fe dorrais dwll yn y ffens gefn.'

Agorodd Jim y ffenest a helpu Maria i ddringo drwyddi. Dangosodd y ffeil iddi. 'Dyma fo, Maria.'

'Mae'n ddrwg gen i dorri ar draws eich dathliad chi, Jim Stanton, ond fi biau'r ffeil yna.'

Trodd Jim i wynebu'r drws. Safai Jefferson Kincaid yno'n ei wylio a golwg wrth ei fodd arno. Cipiodd Dr Ryan y ffeil oddi ar Jim a'i rhoi i Kincaid.

'Ro'n i wedi gobeithio dy fod ti'n gallach na hynna, Jim.' Chwarddodd Kincaid a phwyntio at gamera cudd wrth y drws. 'Rydan ni wedi bod yn dy wylio di.'

'Gadewch fi'n rhydd, y bwystfilod hyll,'

gwaeddodd Maria. Gafaelodd y ddau ddyn mewn cotiau gwyn ynddi a'i gollwng yn ddiseremoni ar y llawr. Gwichiodd Sami'n flin wrth hongian ar ei gwddf. Cododd Maria ar ei thraed yn sydyn a sythu'r bag ar ei chefn. Ceisiodd smalio. 'Dwi'n gobeithio bod gynnoch chi reswm da dros wneud hyn, Kincaid.'

'O, mae gen i, bach.' Winciodd y llywydd arni a churo'i ddwylo. 'Mae hyn yn wych. Ro'n i wedi bod yn pendroni'n hir sut i gael gafael ar y ddau ohonoch chi, ond rydach wedi gwneud y cyfan drosta i. Diolch yn fawr. Caredig iawn.'

Edrychodd Kincaid ar ei gynorthwywyr. 'Gwaith da, gyfeillion. Arhoswch amdana i yn y cyntedd tra bydda i'n sgwrsio gyda'r ddau yma.'

'Am beth wyt ti'n baldaruo?' meddai Maria'n gandryll.

Arhosodd Kincaid nes bod y cynorthwywyr wedi gadael y swyddfa cyn dechrau siarad. 'Cafodd eich galwad ffôn ei recordio. Dyna sut y daethon ni i wybod eich bod yn adnabod eich gilydd. Yna, pan ddywedodd William Tyler fod Jim wedi gadael y tŷ eto y bore 'ma . . . '

'Felly dyna sut roeddech chi'n gwybod 'mod i yn y mynyddoedd y dydd o'r blaen. Mae'r hen drwyn busneslyd 'na i lawr y stryd wedi bod yn fy ngwylio i.'

Nodiodd Kincaid. 'Mae o'n eitha effeithiol.

Teyrngar iawn.'

'Ydi siŵr,' meddai Jim drwy ei ddannedd. 'Cyn belled â'i fod o'n gwisgo eich dyfais rheoli meddwl chi.'

Eisteddodd Kincaid ar gornel ei ddesg. 'Does dim pwrpas i mi ddweud hyn wrthoch chi, wrth gwrs – fyddwch chi'n cofio dim oll wedi i Ryan orffen gyda chi. Ond, rydw i'n falch iawn o'r prosiect yma, felly gadewch i mi ei egluro i chi.'

Gosododd y ffeil ar ei ddesg. 'Y gwir amdani yw, rydw i wedi perffeithio'r grefft o reoli meddyliau. Does neb wedi bod mor bell â hyn erioed o'r blaen. Do, rydan ni wedi arbrofi gyda chyffuriau gwahanol, lobotomi neu ddau hyd yn oed . . . Ond mae'r dechnoleg hon yn berffaith. Cyn gynted ag y mae cell yn cael ei phlannu yng nghorff person, mae'r person hwnnw'n derbyn awgrymiadau gynnon ni yn ein cyfarfodydd. Yna, mae'r person yn weithiwr hapus a ffyddlon i'r cwmni. Mae gan hyn oll oblygiadau byd-eang. Gallwn gael gwared â thorcyfraith. Gallwn gynyddu cynhyrchiant o hanner cant y cant. Ac efallai y gallwn ni hyd yn oed brofi heddwch byd rhywbryd yn ystod ein hoes ni. Dychmygwch y peth!'

Syllodd Jim arno'n llawn atgasedd. 'Nid heddwch byd ydi'ch dymuniad chi ond, yn hytrach, bod yn ryw ail Hitler, a rheoli'r byd.'

'Pwy well?' Safodd Kincaid ar ei draed.

'Heddiw, Folsum . . . ' Lledodd ̇gwên ddieflig ar draws ei wyneb, ' . . . yfory'r byd. Nawr, er fy mod yn mwynhau sgwrsio ̇gyda'r ddau ohonoch chi, mae ̇gen i waith i'w wneud.' Camodd tuag at y drws a dweud wrth Dr Ryan, 'Ewch â nhw i'r adran feddygol, a'r tro yma ̇gwnewch yn siŵr nad ydyn nhw'n fẏgythiad i ni.' Caeodd y drws y tu ôl iddo.

'Â chroeso.' Cydiodd Dr Ryan yn Maria. Sgrechiodd Sami a neidio am wyneb y doctor.

'Tynnwch o oddi arna i! Tynnwch o oddi arna i!' Syrthiodd Ryan i'r llawr ̇gan stryffaglu i ̇gael ̇gwared â'r mwnci.

'Dyma'n cyfle ni, Maria!' Gafaelodd Jim yn y ffeil a ̇gwthio drwy'r ffenest ̇gul. 'Brysia! Does dim eiliad i'w ̇golli!'

Edrychodd Maria ar Sami, yna dilynodd Jim drwy'r ffenest.

Pennod 14

Rhedodd y ddau ar draws yr iard agored ac anelu am y twll roedd Maria wedi'i dorri yn y ffens. Doedd dim amser i'w wastraffu. Byddai Kincaid ar eu sodlau o fewn eiliadau.

Roedd Sami wedi llwyddo i ddianc ar eu holau drwy'r ffenest ac wedi neidio'n ddiogel ar ysgwydd Maria. Seiniodd larwm uchel a chlywsant bobl yn bloeddio a chŵn yn cyfarth. Gafaelodd Jim yn Maria a'i thynnu y tu ôl i storfa fechan.

'Wnawn ni byth lwyddo i ddianc fel hyn. Fe fyddan nhw wedi'n dal ni ymhell cyn inni gyrraedd y twnnel.' Rhoddodd y ffeil i Maria. 'Dos di i chwilio am help. Mi arhosa i yma i'w cadw nhw'n brysur.'

Wnaeth Maria ddim dadlau. Tynnodd y bag glas oddi ar ei hysgwydd. 'Hwda, efallai y bydd hwn yn ddefnyddiol i ti.' Ac ar hynny trodd a'i heglu hi tua'r ffens.

Agorodd Jim y bag. Roedd Maria wedi paratoi at ryfel. Roedd yno fatsys a sawl bys o ddeinameit o'r twnnel, a photel frown gyfarwydd yr olwg. Yn hon roedd yr ether roedd Max wedi'i ddefnyddio i wneud Jim yn anymwybodol wrth iddo dynnu'r gell o'i fraich.

Roedd y bloeddio a'r cyfarth yn cynyddu. Roedden nhw'n nesáu'n gyflym. Byddai'n rhaid iddo geisio ennill amser iddyn nhw rhywsut.

Cydiodd yn un o'r bysedd deinameit, ei danio a'i adael wrth y sièd. Yna rhedodd nerth ei draed tuag at yr adeilad nesaf.

Rhwygodd y ffrwydrad drwy'r awyr gyda rhu foddhaol. Ond eiliadau'n ddiweddarach fe gydiodd y fflamau yn y storfa a chododd cwmwl o fwg fel madarchen enfawr. Teimlai Jim fel petai ar faes y gad.

Seiniodd rhagor o larymau a dechreuodd pobl lifo o'r adeiladau. Gwyliodd Jim nhw o'r tu ôl i un ohonynt. Roedd swyddogion diogelwch a'u cŵn yn dal i chwilio amdanynt. Taniodd fys ffrwydrol arall o ddeinameit a'i luchio o dan un o'r ceir newydd yn y maes parcio.

Yn hytrach nag aros i'w wylio'n ffrwydro,

rhedodd led yr adeilad i chwilio am ei darged nesaf.

Roedd Dr Ryan yn greithiau byw ac yn gwaedu, yn sefyll y tu allan i un o'r swyddfeydd.

Tynnodd Jim ei grys-T a'i drochi yn yr ether. Daliodd y crys y tu ôl i'w gefn a galw ar y doctor, 'Wyt ti'n chwilio amdana i, wyneb wy?'

Rhuodd Dr Ryan a rhuthro tuag ato. Arhosodd Jim yn ei unfan nes bod Ryan o fewn ychydig lathenni iddo. Wrth i fraich drom y doctor afael ynddo, gwthiodd Jim y crys-T i'w wyneb a neidio arno. Am eiliad gwingodd Dr Ryan; yna syrthiodd yn ddiymadferth a llipa i'r llawr.

Dechreuodd arogl cryf yr ether wneud Jim ei hun yn benysgafn. Gollyngodd y crys-T a rhedeg tuag at yr adran fusnes. Wnâi hi ddim drwg i gael gafael ar ffeil neu ddwy ychwanegol o swyddfa Kincaid.

Roedd y ffenest fechan yn dal ar agor. Dringodd Jim drwyddi ac agor y cwpwrdd ffeiliau. Heb wybod yn iawn beth i'w gymryd, dechreuodd stwffio popeth i mewn i'r bag.

'Rwyt ti wedi achosi digon o helynt yn barod!'

Ni throdd Jim i wynebu'r llais – roedd yn gwybod mai Kincaid oedd yno. Gollyngodd y bag a neidio am y ffenest, ond roedd cynorthwywyr Kincaid yn rhy gyflym iddo. Gafaelodd y ddau yn Jim a'i ddal yn dynn.

Tywyllodd wyneb Kincaid. 'Ewch aġ o i'r labordy meddyġol. Fe wna i ofalu am hwn fy hun.'

Llusġwyd Jim ar hyd dau ġyntedd hir i'r labordy. Clymwyd ef wrth fwrdd hir. Gorchmynnodd Kincaid nyrs i baratoi anasthetiġ. Ymhen ychydiġ funudau, roedd Jim yn dechrau teimlo'n ġysġlyd. Roedd ġolau llachar yn siġlo'n ôl ac ymlaen uwch ei ben ac yn ei ddallu.

Chwibanodd Kincaid wrth wisġo'i feniġ llawfeddyġol. 'Wnaiff hyn ddim cymryd llawer o amser, Jim. Rydw i wedi penderfynu ġwneud lobotomi ar du blaen dy ymennydd di. Mae amser maith ers i mi wneud un. Dydyn nhw ddim yn cytuno â nhw y dyddiau yma, wyddost ti. Ond dyma'r uniġ ffordd.'

'Ti'n . . . ti'n wallġo . . . ' Roedd Jim yn cael trafferth cadw'n effro.

Astudiodd Kincaid yr offer llawfeddyġol. 'Rwyt ti'n ffodus iawn, a dweud y ġwir. Pan ddôn nhw o hyd i dy ffrind, bydd yn rhaid i ni ġael ġwared ohoni. Allwn ni ddim caniatáu i rai fel chi darfu ar ein prosiect.'

Teimlodd Jim ei hun yn syrthio i ġysġu. Yn ei ddryswch ġallai ġlywed hofrenyddion yn troelli uwch ei ben, a llais Maria'n siarad. Gafaelodd hi yn ei law a'i ġusanu ar ei foch.

O, am freuddwyd braf!

PENNOD 15

Neidiodd Sami ar y soffa yn ystafell fyw teulu Jim Stanton a chrafangio ar ysgwydd Laura. 'Edrycha, Jimi! Mae o wedi cymryd ata i!'

Fel arfer, byddai Jim wedi ei hateb yn nawddoglyd. Ond dim ond wythnos oedd wedi mynd heibio ers i'r awdurdodau gau Labordai Cenedlaethol Folsum, ac roedd o mor falch o gael ei chwaer fach yn ôl yn union fel yr oedd hi o'r blaen.

'Diolch byth am hynny, Twpsan. Gofala di ar ei ôl o, rŵan. Mae'r hen Sami'n arwr a hanner.'

Curodd tad Jim gefn ei fab. 'Ti ydi'r arwr, was. Ti a Maria.'

Gwenodd ei fam o glust i glust, yn llawn balchder.

Pesychodd Max yn uchel.

Gwenodd Robert Stanton. 'A chithau hefyd wrth ŵgrs, Max. Petaech chi heb alw'r heddlu a dyfeisio stori am Maria'n cael ei herwŵgipio, efallai na fyddai Jim wedi cael ei achub mewn pryd.'

'Doedd o'n ddim byd,' meddai Max yn ddiymhonẅgar. 'Poeni am y ddau oeddwn i, yn sownd yn y labordy cyhyd, ac fe alwais yr heddlu rhaẅg ofn. Fe wyddwn i'n iawn sut un yw Kincaid. Wnaiff dim ei rwystro rhag cael ei ffordd ei hun.'

Roedd Maria'n rhyfedd o dawel. Safodd ar ei thraed ac esẅgusodi ei hun. Clywodd Jim ẅglep y drws cefn a chododd yntau i'w dilyn.

Daeth o hyd iddi wrth y ẅgiât ẅgefn. Roedd hi'n syllu tuaẅg at y mynyddoedd.

'Hei, pam yr wyneb hir, Maria? Ni enillodd. Mae fy rhieni'n iawn, a'r bobl yn y labordy wedi'u ẅgwella, a Kincaid a'i ddynion wedi'u carcharu. Fedrai pethau ddim bod ddim ẅgwell.'

Llusẅgodd ei bys hyd ymyl y ffens. 'Rŵan bod y labordy wedi cau, mae'n debyẅg y byddi di a dy deulu yn symud yn ôl i Galiffornia.'

Ysẅgydwodd Jim ei ben. 'Mae fy nhad ac un neu ddau o'r ẅgwyddonwyr eraill wedi cynniẅg aros yma i weithio ẅgyda'r llywodraeth i ẅgodi'r labordy yn ôl ar ei draed.'

'Wir?' Ceisiodd Maria beidio swnio'n rhy ẅgynhyrfus. 'Mae hynna'n wych . . . Hynny yw, ro'n i'n edrych ymlaen at gael cwmni i chwarae pêl-fas.' Agorodd y giât a llithro drwyddi.

'Pêl-fas?' Cyffyrddodd Jim ei foch a gwrido. Gwyliodd Maria'n cerdded i fyny'r allt a gwaeddodd arni. 'Maria, ro'n i wedi meddwl gofyn rhywbeth i ti am y diwrnod y gwnest ti fy achub.'

Edrychodd hithau dros ei hysgwydd a gwenodd yn ddireidus. 'Breuddwyd oedd y cyfan, y cyw Ffrancenstein. Am y cyntaf at y twnnel!'

'Breuddwyd?'

Lledodd gwên lydan ar draws ei wyneb.

Dechreuodd redeg.

Beth mae'r geiriau *rheolaeth meddwl* yn eu golygu i ti? Fyddi di'n meddwl am hypnosis, cyffuriau a therapi sioc? Mae'r rhain i gyd yn rheoli'r meddwl. Ond mae ffurfiau eraill, llai amlwg, o reolaeth meddwl yn digwydd o ddydd i ddydd.

Pan fyddi di'n gweld hysbyseb am drenyrs newydd ar y teledu, oes *raid* i ti eu cael nhw, waeth faint maen nhw'n gostio? Fyddi di'n gwneud rhai pethau nad wyt ti wirioneddol eisiau eu gwneud, dim ond am bod dy ffrindiau yn dy annog? Os felly, rwyt ti wedi profi rheolaeth meddwl. Mae'n bur debyg dy fod dithau wedi ceisio rheoli meddwl rhywun arall hefyd (dy rieni hwyrach?) pan oeddet ti bron â thorri dy fol eisiau rhywbeth – trenyrs efallai?

Er mwyn rheoli meddwl rhywun, mae'n rhaid newid eu hagwedd a'u hymddygiad o ddydd i ddydd. Pan mae rhywun yn ceisio rheoli dy feddwl di, maen nhw'n ceisio dy gael i feddwl neu i wneud yr hyn maen nhw am i ti ei wneud neu ei feddwl, ac fe all hynny fod yn beryglus.

Os wyt ti'n amau bod rhywun yn ceisio rheoli dy feddwl, fe ddylet geisio dadansoddi eu neges. Gofyn y cwestiynau canlynol: *Pwy* sy'n gyrru'r neges? Beth ydi'r neges, ac *at bwy* maen nhw'n ei yrru? *Sut* maen nhw'n gyrru'r neges? Ond yn bwysicach fyth, *pam* maen nhw'n ei yrru?

Sut mae osgoi rheolaeth meddwl? Mae'r ateb yn syml. Bydd yn annibynnol yn dy benderfyniadau. Bydd yn ti dy hun. Does neb yn gallu rheoli dy feddwl yn well na ti dy hun.

BYD O BERYGLON GARY PAULSEN

Mentrwch ar anturiaethau Gary Paulsen i ganol byd o beryglon – mae'n rhaid bod yn tŷff i ddod trwyddynt ...

1. PERYGL AR AFON LLOER
Gary Paulsen
(addasiad Esyllt Nest Roberts)

Roedd yn ymladd am ei fywyd. Corddai'r llifogydd o'i gwmpas wrth ei hyrddio'n wyllt i lawr yr afon fel pe na bai'n ddim ond brigyn crin. Roedd y dŵr yn iasoer, a doedd dim modd dianc ...

Mae Daniel wedi cael llond bol ar y bwlis cegog sy'n teithio gydag ef i'r gwersyll. Felly, pan mae eu bws yn cael damwain ac yn glanio yn yr afon frochus, mae'n gorfod wynebu penderfyniad anodd. Gall ei achub ei hun, neu fentro popeth – gan gynnwys ei fywyd, hyd yn oed – er mwyn ceisio achub y bwlis y mae ganddo bob rheswm dros eu casáu ...

£2.99; Gwasg Carreg Gwalch.

2. YR ARTH GRISLI
Gary Paulsen
(addasiad Esyllt Nest Roberts)

Roedd yr arth yn enfawr. Roedd ei phawennau'n hir ac yn flewog, a'r ewinedd gwyn, crwn yn hir fel cyllyll môr-ladron. Gydag un ergyd, cododd yr arth grisli y llanc o'r mieri a'i lusgo gerfydd ei esgid ar draws y nant ...

Mae Justin mewn trybini. Ar ôl cael ei adael ar ei ben ei hun ar ransh y teulu, mae wedi dod wyneb yn wyneb ag arth grisli fileinig. Mae honno eisoes wedi lladd unwaith. Ac yn awr, mae'r bwystfil anferth fel petai wedi cael blas ar waed – gwaed dynol ...

£2.99; Gwasg Carreg Gwalch.

3. PLYGU AMSER
Gary Paulsen
(addasiad Esyllt Nest Roberts)

'Beth yn union ydi plygu amser?'
gofynnodd Sam wrth edrych yn fanwl
ar yr offer cymhleth yr olwg oedd o'i
flaen. Trodd y gwyddonydd ei ben.
'Wel, teithio mewn amser, wrth gwrs.'

Mae rhywbeth rhyfedd iawn yn digwydd i
amser pan fo Sam-siwpyr-peniog a Jac y
ffanatig pêl-fasged yn mynd ar daith i'r Aifft
– yr Hen Aifft! Wrth ddod wyneb yn wyneb
â gelyn pennaf y pharo, mae teithio i oes
arall yn troi'n hunllef. Mae hwnnw am eu
carcharu nhw – a hynny am byth …

£2.99; Gwasg Carreg Gwalch.

4. CRAIG Y DIAFOL
Gary Paulsen
(addasiad Esyllt Nest Roberts)

Dringodd Rick ar hyd wyneb bol y
graig. Yn sydyn, teimlodd ei gorff yn
syrthio ychydig fodfeddi. Yna, clywodd
sŵn ofnadwy – y rhaff yn dod yn rhydd.
Disgynnodd Rick wysg ei gefn i'r
gwagle …

Mae Rick yn ddringwr tan gamp nad yw
byth yn poeni am beryglon. Ei dîm ef fydd
y dringwyr ieuengaf erioed i goncro
llethrau Craig y Diafol. Ond mae gan y
copa gyfrinach farwol. A hithau wedi mynd i'r pen, faint mae
rhywun yn barod i'w fentro er mwyn aros ar dir y byw?

£2.99; Gwasg Carreg Gwalch.

5. PARASIWT!
Gary Paulsen
(addasiad Esyllt Nest Roberts)

Gafaelodd Llinos yn y cortyn a'i dynnu. Ddigwyddodd dim byd. Tynnodd y cortyn eto ac eto, ond roedd y parasiwt yn gwrthod agor. Roedd hi'n disgyn fel carreg drwy'r awyr ...

Tydi Rob ddim yn ofni'r awyr – cafodd ei fagu ynghanol parasiwts. Ond mae'r cwbl yn newydd i Llinos; mae ei pharasiwt wedi torri a hithau'n cael ei hyrddio'n wyllt drwy'r awyr. Mae'n rhaid i Rob ei helpu hi, ond dim ond un ffordd sydd yna i fynd – am i lawr ...

£2.99; Gwasg Carreg Gwalch.

6. Y LLONG DRYSOR
Gary Paulsen
(addasiad Esyllt Nest Roberts)

Plyciodd Rhys ei fraich yn rhydd a nofio yn ei ôl. Roedd y boen yn waeth na mil o nodwyddau yn plannu i mewn i'w law. Llifodd hylif gwyrdd o ben ei fawd. Roedd Rhys yn gwybod mai lliw ei waed ei hun oedd o ...

Mae llong a'i llond o drysor wedi'i dryllio rhywle yn y cefnfor tywyll. Bu farw tad Rhys wrth chwilio amdani – ac yn awr, ei dro ef yw hi i blymio i'r tywyllwch. Ond mae cyfrinach erchyll yn cuddio ar wely'r môr – cyfrinach sy'n fwy gwerthfawr nag aur nac arian ...

£2.99; Gwasg Carreg Gwalch.

7. GÊM WALLGO

Gary Paulsen

(addasiad Esyllt Nest Roberts)

> *Syrthiodd Tom i'r fflamau gan sgrechian. Ffrwtiodd ei gorff coch, llawn swigod i'r wyneb, yna diflannodd. 'UN BYWYD AR ÔL GAN CHWARAEWR UN. MAE'R GÊM YN PARHAU.'*

Mae *Dial y Diafol* yn fwy na gêm. Unwaith y cei dy ddal yn ei rhwyd, mae'n rhaid i ti ymladd am dy fywyd. Un cam gwag ac fe fyddi'n golsyn. Mae'r byd rhithwir yn ddychrynllyd o wir!

£2.99; Gwasg Carreg Gwalch.

8. PERYGL PERFFAITH

Gary Paulsen

(addasiad Esyllt Nest Roberts)

> *Llusgodd dynion Kincaid Jim o du ôl y ddesg a'i ddal yn sownd. Tywyllodd wyneb Kincaid. 'Ewch ag o i'r labordy. Rwy'n edrych ymlaen i drin hwn fy hunan.'*

Pan symudodd teulu Jim Stanton i dref newydd roedd popeth yn berffaith ... yn ddychrynllyd o berffaith. Ond pan mae'n mynd ati i ymchwilio drwy gyfrinachau sinistr y dref ryfedd, mae'n darganfod peryglon enbyd. Pwy all achub Jim a'i deulu rhag perffeithrwydd?

£2.99; Gwasg Carreg Gwalch.